오늘은 울지 말아라

소중한 _____ 님께

_____ 드림

잠언 낭송 시집

오늘은 울지 말아라

우한호 엮음
이동하 · 정미라 낭송

표시가 된 시는 낭송 CD에 있습니다.

우스개 삼아
엄마를 업었으나
그 너무 가벼움에
눈물겨워
세 발짝도 못 걸었네

이시카와 다꾸보꾸라는
요절한 시인의 시 보면
'우리 엄마' 생각난다
너무 가벼워 슬픈
우리 엄마
아마도
내게 남겨 주고 싶었을
삶의 이야기들……

"어디까지 방황하며
멀리 갈 생각이니?
보아라, 좋은 것은 여기 있다."
"행복을 찾는 법을 배워라,
행복은 늘 네 곁에 있단다."
어느 날 내게로 왔던
소리 소리들……

주문처럼 내게 온 이 잠언들이
모든 이에게 전염되는
행복의 주술을 걸어 주기를

2002년 2월
우한호

차례

2 · 마음이 먼저 말하네

4 · 열심하다는 것

1

그대의 꿈이 한번도 실현되지 않았다고 해서
스스로 안타깝고 서글프게 생각하지 말라
정말 안타깝고 서글픈 것은
한번도 꿈을 꾸어보지 않은 사람들이다

한번도 꿈꿔 보지 않은 이에게

하루살이

우리가 여기까지
빈 날갯짓하며 찾아온 까닭은
우리가 무리 지어
너의 눈가를 떠나지 않는 이유는
우리가 오늘
우리의 존재를 알리지 않으면
하루가 얼마나 소중한가를
너희들이 알지 못하기 때문이다

내일, 빛나는 햇살 아래
우리의 몸이 먼지 되어 흐트러질 때
우리가 어디에서 왔는지
우리가 무엇 때문에 이곳을 찾아
빈 날갯짓을 수없이 했는지
아무도 묻지 않지만
우리의 우리가 다시 우리처럼
삶과 죽음을 되풀이할 때
하루란
우리가 건너온 삶과 죽음의 다리라는 걸
말하고 싶었기 때문이다

김미소 (한국의 시인)

태양

아름다운 아침이다
떠오르는 태양은 늘 새롭다
태양은 결코 늙는 법이 없다

과학자들은 태양이 수십억 년의
나이를 가졌다고 주장하지만
그것은 그렇지 않다

나는 날마다 태양을 본다
태양은 늘 새롭다
거기에는 과거의 것은 아무것도 없다

그런데 과학자들은 과거를 좋아한다
그래서 그들에게서는 무덤의 냄새가 난다
그들의 얼굴은 언제나 심각하다

오늘 아침 또다시 일어나는 이 존재의 기적
매순간마다 그 기적이
헤일 수 없이 일어나고 있다

인도의 성자

힘든 일이 생겼을 때

내가 보기에 신이 어디서 곤히 잠드신 것 같다
농담 한번 해 보았다
창조주인 신께 그런 말을 하다니
하지만 만약 신이 잠에 빠졌다면
깨우는 것이 우리의 의무다

우리는 힘든 일을 신의 탓으로 돌려서는 안 된다
이것은 운명의 탓이 아니다
원인과 행동과 결과의 사슬로 이루어진
우리의 법이라는 인연의 탓도 아니다
이 모든 것은 오히려 잘못된 태도로부터 나온다

달라이 라마 (티벳의 지도자)

과녁

절대 가치를 두고 절대적으로 살면
당신은 절대적으로 된다

영원이라는 가치를 두고 영원히 살면
당신은 영원하게 된다

무제한의 시간 속에서 살면
당신은 시간을 벗어나서 살 수 있다

당신은 정점에 도달할 수 있다
당신에 의해서가 아니라
당신 자신의 존재에 의해서
절정은 성취될 수 있다

그러나 그것은 언제나 축적된
무의식으로서가 아니라
새로운 의식에 의해서이다

당신은 당신 스스로의 의식을
과녁으로 삼아라
시간은 언제라도 좋다

그리고 지금 당장이라도
그 의식의 과녁을 향해 뛰어라

그 표적에 핏자국이 얼룩지도록
당신 전체가 화살이 되어
과녁에 꽂혀라

그래야 당신은
절대 가치의 정상에 이를 것이다

오쇼라즈니쉬 (인도의 명상가)

시간의 비밀

경험이 풍부한 노인은 곤란한 일에 부딪쳤을 때면
급히 서두르지 않고 내일까지 기다리고 말한다
사실 하루가 지나면 선악을 불문하고
사정이 달라지는 수가 많다
노인은 시간의 비밀을 알고 있기 때문이다

나의 머리로써 해결할 수 없는 문제를
시간은 가끔 해결해 주는 수가 있다
오늘 해결하기 어려운 문제는 우선 하룻밤을 푹 자고
내일 다시 생각해 보는 것이 상책이다
곤란한 문제는 조급히 해결해 버리려고 서두르지 말고
한걸음 물러서서 바라보는 것이 현명하다

슈아프

우울한 마음

너무 한가했던 것이 아닌가
사람은 세수를 막 하고 났을 때와
하지 않았을 때의 기분이 아주 다르다
신체적인 조건이 감정에 미치는 힘은
상상 이상으로 큰 것이다

당신이 우울증에 걸렸거든
그것을 이 신체상의 어떤 고장으로 생각하고
우선 몸을 다스려 보라
성격이니 운명이니 하고 이치를 캘 필요가 없다
성한 사람이 하루만 굶어 보라
누구든지 우울한 마음이 들게 될 것이다

육체의 움직임이 감정을 변화시킨다
다소 기분 나쁜 감정이 발생했더라도
그 순간 힘찬 육체적인 운동을 가령 '하나 둘' 하고
활발하게 목소리를 내어 한다면
그까짓 감정쯤은 단번에 달아날 것이다

알랭 (프랑스의 사상가, 평론가)

큰 돌과 작은 돌

두 여인이 수도승에게 가르침을 받으러 왔네
한 여인은 자신이 젊었을 때 남편을 바꾼 일에 대해
괴로워하며 스스로를 용서받을 수 없는
큰 죄인으로 여기고 있었네
그러나 또 한 여인은 인생을 살아오면서
도덕적으로 큰 죄를 짓지 않았기에
자신의 삶에 어느 정도 만족하고 있었네

수도승은 앞의 여인에게는 커다란 돌을
뒤의 여인에게는 작은 돌들을 가져오라고 했네
두 여인이 돌을 가져오자
수도승은 들고 왔던 돌을
다시 제자리에 두고 오라고 했네

큰 돌을 들고 왔던 여인은
쉽게 제자리에 갖다 놓았지만
여러 개의 작은 돌을 주워 온 여인은
원래의 자리를 일일이 기억해낼 수가 없었네

죄라는 것도 이와 마찬가지라네
크고 무거운 돌은

어디에서 가져왔는지를 기억할 수 있어
제자리에 갖다 놓을 수 있으나
숱한 작은 돌들은
원래의 자리를 잊었으므로
도로 갖다 놓을 수가 없는 것

한때 지은 죄를 기억하고
양심의 가책을 겸허하게 견디어 오는 삶과
자신이 지은 작은 죄들을 모두 잊고 살아온 인생
잘산다는 것이 무엇일까
뉘우침도 없이 죄의 나날을 보내기에 버릇이 들어
다른 사람의 허물을 이것저것 들추기에 바빠
자신이 더욱 깊은 죄에 빠진 것을 진정 모르는 것
어쩌면 인생이란 이런 것이네

인도의 명상가

실패를 선택한 사람

나의 고민이란
어떠한 일을 시작했기 때문에 생긴다기보다는
할까 말까 망설이는 데서 더 많이 생기는 것 같다

이것도 아니고 저것도 아니라고 하며
너무 오래 생각하는 것은 문제의 해결에
조금도 도움이 되지 않는다

미리 실패를 두려워할 것은 없다
성공하고 못하고는 하늘에 맡기면 된다

재능 있는 사람이 가끔 무능하게 되는 것은
그 성격이 우유부단한 데에 있다
망설이는 것보다 차라리 실패를 선택하라

러셀 (영국의 철학자, 노벨 문학상 수상)

오늘은 울지 말아라

오늘은 울지 말아라, 이 슬픔은 웬일인가?
현재의 불안 속에서 배울지니
네 마음속 깊은 곳까지 적시는
이 눈물을 누를 수 있게 하여라

네 과거의 용기와 미래의 긍지를 생각하라
일어서라, 슬픈 마음이여 부서지지 말라
보기 싫은 넋두리에 대해서나
더욱 좋은 인생의 기원에 대해서나

네 생명은 날마다 줄어든다
어두운 무덤의 안식도 분명하게 다가와
바로 그날
하룻밤의 편안한 잠과 헤어져
끝없는 잠 속에 빠져들게 된다

싸워라 투쟁 속에 있어라, 네 죽음은
머나먼 꿈의 일이 아니다, 이상한 일이 아니다
이 슬픔과 같이 다가오고 있는 것이다
어쩌면 그때가 오늘일지 모른다

브리지스 (영국의 계관시인)

지금 이 순간

인생에 있어서 가장 중요한 때는 어느 때인가
그것은 오직 현재이다
미래도 과거도 존재하지 않는다
사람들은 인생에 과거, 현재, 미래가 있다고 생각하지만
실재하는 것은 현재뿐이다
존재하는 것은 언제나 현재라는 이 순간뿐이다
과거는 현재 관련이 있음으로써 의미가 있고
미래도 현재와 관련됨으로써 의미가 있을 뿐이다
현재라는 것은 순간을 말한다
순간에 사는 것이 인생을 경험하는 것이며
인생을 극복한 사람은 이 순간 속에서
영원을 발견한 사람이다
이 현재의 순간을 떠나서
우리도 없고 세계도 인생도 없다
이 현재의 순간을 놓쳐 버렸을 때
그것은 바로 인생을 놓쳐 버린 것이 된다
다시 회복할 수 없는 영원한 것을 놓쳐 버린 것이다

아우구스티누스 (교부신학자)

의지력의 산물

좋은 책 한 권을 꾸준히 읽어 나가는 데서
우리는 행복의 샘을 발견할 수 있다
몇 페이지 훑어보고 내던진다면
독서의 행복을 맛보지 못한다
이것은 단지 독서에 한한 일이 아니고
매사가 다 그러하다

자기 자신 속에 행복의 샘을 파는 일은
어느 정도의 참을성과 끈기가 필요하다
이러한 노력은 그 자신의 마음을 아름답게 하고
얼굴도 아름답게 한다

이것이 곧 자기 내부에 행복의 씨앗이 자랄
터전을 마련하는 길이다
불평불만, 비관 이런 것은 감정의 산물이고
이와 반대로 행복은 의지의 산물이다

알랭

무시(無時)

태양은 떠오른 순간에 가라앉기 시작하고
일몰은 일출에 못지않게 현실적인 것이네
단지 방위가 다를 뿐

탄생이 한쪽에 있고 죽음이 또 다른 한쪽에 있듯
한쪽에서는 떠오르고
다른 한쪽에서는 가라앉고 있는 것이라네

일몰 속에 일출이 또한 감춰져 있네
이를 아는 사람은 모든 것을 받아들일 줄 아네
수용과 함께 변용이 오는 것

내가 '죽음과 싸워 이긴다'라고 말할 때
그것은 '죽음을 받아들인다'고 말한 것이라네

인도의 성자

삶이란

삶은 여행이다
그러므로 대담한 용기와 배짱이 필요하다
삶은 근본적으로 정도가 따로 없다

혹시 당신이 지금 어느 길로 갈 것인가
망설이고 있다면 그것은 지금까지
한 번도 올바른 길을 찾지 못했다는 증거다

만약 당신이 어떤 길에 들어섰을 때
그 길이 당신에게 평안과 안락함을 준다면
당신은 더 이상 망설이지 않아도 될 것이다

새로운 길을 걸을 때
당신은 앞서간 사람들의 가르침을 이용하라

당신이 찾는 길에 영향을 끼친
모든 가르침을 당신의 계획으로 응용하라

시행착오가 적은 길에 들어서려면
몇 번의 실패는 웃으며 받아들여야 한다

오쇼라즈니쉬

5월의 바람

열린 문을 굳게 닫아 버리듯
나는 내 가슴의 문을 닫았다
사랑이 그 안에서 굶주려
더 이상 나를 성가시게 굴지 못하도록

이윽고 저 지붕 너머에서
5월의 따사로운 바람이 불어오고,
거리에서 연주하는 피아노 소리
난간으로 한 곡조 들려왔다

방 안은 햇살로 밝고 밝은데
사랑은 내 안에서 소리 지른다
"나는 아직 튼튼해, 놔주지 않으면
가슴을 쳐부수고 말 테야"

티즈데일 (미국의 요절한 시인)

사소하나 중요한 일

우리의 일상생활에 있어서 가장 조심해야 할 것은
사소한 감정을 어떻게 처리할 것인가다

사람은 흔히 큰 불행에 대해서는 체념을 하지만
오히려 조그만 기분 나쁜 일에 대해서는
감정을 억제하지 못한다

그러나 우리가 마음의 준비를 갖추어야 할 것은
큰 불행보다는 사소한 일에 있다

사소한 기분 나쁜 일들은 하루에도 몇 번씩 부딪치고
그 사소한 일들이 도화선이 되어
큰 불행으로 발전하는 일이 적지 않기 때문이다

감정이란 그릇이 기울면 엎질러지는 물과 같은 것이니
늘 조심성 있게 다룰 필요가 있다

일단 기울면 평화와 조화가 파괴되는 것
우리는 이를 염두에 두고
기울기 쉬운 순간에 억제해야 한다

알랭

누구를 위하여 종은 울리나

어떤 사람이든 그 자체로서 온전한 섬은 아닐지니,
모든 인간이란 대륙의 한 조각이며,
또한 대양의 한 부분이다

만일 흙덩어리가 바닷물에 씻겨 내려가면,
유럽 땅은 또 그만큼 작아질 것이며,
만일 모랫벌이 그렇게 되더라도 마찬가지이며,
그대의 친구들이나 그대 자신의 영지(領地)가
그렇게 되어도 마찬가지다

어느 누구의 죽음이라 할지라도
나를 감소시키니, 나의 존재는
인류 속에 포함되어 있기 때문이다
누구를 위하여 종을 울리나 ─
이를 위하여 사람을 보내지는 말라
종은 바로 그대를 위하여 울리기에

던 (영국 형이상학파 시인)

친구에게 사기 당했을 때

친구한테 속지 않으려고 애쓰는 것보다
차라리 친구한테 속는 사람이 행복하다

친구를 믿는다는 것은 설사 친구한테 속더라도
어디까지나 나 자신만은 성실했다는 표적이 된다

반대로 친구를 믿지 못하는 사람은
친구의 진심까지도 의심하게 된다

친구를 일체 믿지 못하는 사람은
그 사람의 마음이 성실치 못하다는 증거이다

성실치 못한 자기 마음으로
친구의 마음을 짐작한다는 것은 불행한 일이다

채근담

사랑의 기도

말없이 사랑하여라
내가 한 것처럼
아무 말 말고
겉으로 드러나지 않게
조용히 사랑하여라
깊고 참된 사랑이 되도록
말없이 사랑하여라

남몰래 숨어서 봉사하고
눈에 드러나지 않게
좋은 일을 하여라
그리고 침묵하는 법을 배워라

말없이 사랑하여라
꾸지람을 듣더라도 변명하지 말고
마음 상하는 이야기에도
말대꾸하지 말고
말없이 사랑하는 법을 배워라

네 마음을
사랑이 다스리는

왕국이 되게 하여라

그 왕국을
타인을 향한 마음으로
자상한 마음으로 가득 채우고
말없이 사랑하는 법을 배워라

사람들이 너를 가까이 않고
오히려 멀리 떼어 버려
홀로 따돌림을 받을 때에도
말없이 사랑하여라
네 사랑이 무시당한다 하더라도
끝까지 참으면서……

슬플 때
말없이 사랑하는 법을 배워라
주위에 기쁨을 나눠주고
사람들이 행복을 느끼도록 마음을 베풀어라
타인의 말이나 행동으로 인해 초조해지거든
말없이 사랑하여라
가슴 저 밑바닥에 스며드는 괴로움을

인내하여라
네 침묵 속에
원한이나 인내하지 못한 마음,
어떤 비난이 끼여들지 못하도록 하여라
언제나 타인을 존중하고
소중히 여기도록 마음을 써라

J. 길로

인생찬가

슬픈 사연은 내게 말하지 말라
인생은 한낱 헛된 꿈에 불과하다고
잠자는 영혼은 죽은 것이니
만물의 외양의 모습 그대로가 아니다

인생은 진실이다, 인생은 진지하다
무덤이 그 종말이 될 수는 없다
"너는 흙으로 돌아가라."
이 말은 영혼에 대한 말이 아니다

우리가 가야 할 곳, 또한 가는 길은
향락도 아니고 슬픔도 아니다
저마다 내일이 오늘보다 낫도록
행동하는 그것이 목적이요 길이다

예술은 길고 세월은 빠르다
우리의 심장은 튼튼하고 용감하나
싸맨 북소리처럼 둔탁하게
무덤을 향한 장송곡을 치고 있나니

이 세상 넓고 넓은 싸움터에서

인생의 야영 안에서
싸움에 이기는 영웅이 되라
발 없이 쫓기는 짐승처럼 되지 말고

아무리 즐거워도 '미래'를 믿지 말라
죽은 '과거'는 죽은 채 묻어라
활동하라, 살아 있는 '현재'에 활동하라
안에는 마음이, 위에는 하느님이 있다

어리석은 자들의 생애는 우리를 깨우치나니
우리도 장엄한 삶을 이룰 수 있고
우리가 떠나간 시간의 모래 위에
발자취를 남길 수 있다

그 발자취는 훗날 다른 사람이
장엄한 인생의 바다를 건너가다가
파선되어 버려진 형체를 보고
다시금 용기를 얻게 될지니

우리 모두 일어나 일하자
어떤 운명이라도 이겨낼 용기를 가지고

끊임없이 성취하고 계속 추구하면서
일하며 기다림을 배우자

롱펠로우 (미국 하버드대 교수, 시인)

인생

인생이 어떤 것인가를 아는 사람 누구랴
사람들은 중병에 든 환자처럼
일생의 반을 꿈속에서 지내며
어리석은 사람들과 허튼소리 나누며
사랑이라는 번민에 빠져 괴로워하느니
별로 생각도 못하고 하는 일도 없이
건들건들 놀다가 죽는 것이라 하네

플라텐 (독일의 시인)

내 양심이 아플 때

생각하면 생각할수록
항상 더욱 그 감탄이 새로워지고
경건한 마음을 일으키게 하는 것이
두 가지가 있네

그중의 하나는 밤하늘의 저 반짝이는 별들이고
다른 하나는 나의 마음속에 있는 양심이네

카토오 카케마사 (일본의 도공)

신은 어디에

사람들은 사랑의 가면을 들고
무작정 뛰는가 하면 신을 찾아 헤맨다

신은 어디에 있는가
삶은 어디에 있는가

눈을 감은 채로 찾아 헤맨다면
당신은 절대 신을 보지 못할 것이다

단언하건대 신은 어디에나 있다
다만 당신이 보지 못하고 있을 뿐이다

당신이 좀더 섬세해진다면
어디에서나 신을 볼 수 있을 것이다

하찮은 나뭇가지에서도
쓸데없이 놓여 있는 듯한 작은 바위 뒤에서도
차가운 돌멩이 하나에서도
당신은 신과 만날 수 있을 것이다

밤하늘의 반짝이는 별

길가에 핀 이름 모를 풀 한 포기
그 속에 신이 있다

그 모든 만물 속에 즉 당신 속에도 신은 있다
신은 당신의 전체적인 힘이다, 능력이다
당신은 그것의 일부이다

당신의 모든 감각이 생동하고 있다면
전체를 동시에 느낄 수 있을 것이다

오쇼라즈니쉬

나무들

나무처럼 사랑스러운 시를 결코
볼 수 없으리라 나는 생각한다

단물 흐르는 대지의 젖가슴에
굶주린 입술을 대고 있는 나무

하루 종일 잎새 무성한 팔을 들어
하느님께 기도 올리는 나무

여름날이면 자신의 머리카락에다가
방울새의 보금자리를 틀어 주는 나무

가슴에 눈을 쌓기도 하고
비하고도 다정하게 사는 나무

나 같은 바보도 시를 짓지만
나무를 만드시는 분은 오직 하느님

킬머 (미국의 시인)

다정한 말 한마디

조그마한 마음가짐 하나로
이 세상 전체가
조금이라도 행복하게 되는 것

홀로 외로운 사람,
의기소침한 사람을 만나거든
그 자리에서 두서너 마디
다정한 말로 위로해 주라

아마 내일이면 당신 스스로 베푼
그런 정도의 친절은 곧 잊어버리게 되리라
하지만 당신에게 친절한 위로의 말을 들은 사람은
한평생 그 말을 가슴에 지니고 살아가리라

데일 카네기 (미국의 실업가, 저술가, 사회사업가)

해야 할 일

옛날에 승려 둘이 있었다
한 사람은 스승, 한 사람은 제자였다
스승은 제자를 격려하기 위해
'언제 하루, 소풍을 나갈 것이다'라고 말했다
그리고 며칠 후 그 약속을 잊었다
나중에 제자가 스승에게 약속을 일깨워 주었지만
스승은 '너무 바빠서 당분간은 힘들겠다'며
제자의 말을 흘려들었다
오랜 시간이 흘렀고 소풍은 가지 못했다
다시 소풍 이야기가 나오자 스승은
'지금은 안 된다. 너무 바쁘구나'라고 말했다
그러던 어느 날 시신이 운구되는 광경을 보고
스승이 제자에게 '무슨 일이냐?'라고 물었다
제자는 '저 불쌍한 사람이 소풍을 가고 있습니다'
대답하고는 스승을 외면했다
해야 할 일은
특별한 시간을 만들어서라도 행해야지
그렇지 않으면 늘 다른 일이 있어 미루게 된다

달라이 라마

진실을 말하는 사람

사람에 따라서는
정다운 사람보다
그리 정답지 않은 사람에게
더 많은 신세를 지는 수가 있다

정답지 못한 사람은
곧잘 진실을 말해 주지만
정답다는 사람은
바른 소리를 하지 않기 때문이다

카토 (로마의 정치가)

모든 것은 지나가는 바람

하늘을 우러러보고
땅을 굽어보고
그리고 생각하라

모든 것이 지나가면
산도 내도 다 지나가는 것이다

인생의 여러 현상도
자연의 산물이니
모두가 지나가는 것이다

당신의 마음이
이런 상태에 이르면
곧 광명에 빛나기 시작할 것이다

불교경전

걸어보지 못한 길

노랗게 물든 숲 속에 두 갈래 길이 있었다
두 길을 다 가 볼 수는 없기에
나는 서운한 마음으로 한참 서서
덤불 속으로 접어든 한쪽 길
그 길의 보이는 끝까지 바라보았다
그러다가 다른 쪽 길을 택했다
먼저 길과 같이 아름답고 어쩌면 더 나은 듯싶었지
사람의 발길 흔적은 먼저 길과 비슷했지만
풀이 더 무성하고 사람의 발길을 기다리는 듯했다
그날 아침 두 길은 하나같이
아직 발자국에 더럽혀지지 않은 낙엽에 덮여 있었다
아, 먼저 길은 다른 날 걸어 보리라 생각했지
길은 길로 이어지는 것이기에
다시 돌아오기 어려우리라 알고 있었지만
오랜 세월이 흐른 다음
나는 한숨지으며 이야기를 할 것이다
"두 갈래 길이 숲 속으로 나 있었다. 그래서
나는 사람이 덜 밟은 길을 택했고
그것이 내 운명을 바꾸어 놓았다" 라고

프로스트 (미국의 시인)

47

빛이 흔들리지 않게 하려면

바람 부는 곳에 촛불을 내놓으면
불길은 흔들리고 광명이 고르지 못하다

우리의 마음도 바람 앞의 촛불과 같은 것이다

외부의 방해와 유혹에 흔들리기에
한 개의 촛불이다

빛이 흔들리지 않으려면 바람을 막아야 한다

나마구리시나

2

이미 이룬 일에 대해서는 말하지 말라
이미 일을 시작한 것에 대해서는 충고하지 말라
기왕 저지른 일에 대해서는 나무라지 말라
왜냐하면 그들은 이미 결과가 어떻게 되었다는 것을
너보다도 더 잘 알고 있다

마음이 먼저 말하네

두 사람이 만날 때는

두 사람이 만날 때는
물가에 나란히 핀 백합과 같아야 합니다
봉오리를 오므리지 않은 채
금빛 수술을 온통 드러내 보여 주는
호수를, 나무를, 하늘을 비추어내는
두 송이의 백합처럼

닫힌 마음들이 너무 많습니다

내가 당신에게 다가갔을 때
우리는 몇 시간이나 이야기를 나누었습니다
당신의 시간을 그토록 오래 차지하기 위해
무엇보다도
나는 당신을 향해 열려 있지 않으면 안 됩니다
그리고 당신에게 드리는 것이
거짓 없는 '나 자신'이 아니면 결코 안 됩니다

칼릴 지브란

열정에 대하여

고달픔이 당신의 의식을 억누른다면
부처가 깨달음을 얻었던 그날 밤을 명상해 보라

깊은 고뇌 속에서 단단하게 영근 열매가 맺는다
진실한 명상은 당신의 영혼을
빛의 언덕으로 인도할 것이다

당신이 갈구하고 있는 그 욕망은
당신이 갖고 있는 모든 것을 던져버릴 수 있을 만큼
간절하여야 한다

그리고 어떤 하나의 의심이라도 일어나지 않을 만큼
모아진 집념과 통일성을 가져야 한다

당신이 원하는 것을
얻기 위해 있는 힘을 다해 보라
그러면 기필코 그것을 얻을 수 있을 것이다

인도의 명상가

남의 허물이 보일 때

밤은 깊고 사람은 잠들어 고요할 때
홀로 앉아 자기 마음을 가누어 보면
비로소 잡념은 사라지고
참다운 마음이 나타나네

순진무구한 마음이야말로
영원히 창공에 빛나는 것과 같네

남의 조그마한 허물을 꾸짖지 않고
남의 비밀을 드러내지 않으며
남의 지난날 잘못을 생각지 않는 것

이 또한 순진무구한 마음에서
비롯되는 일체의 행실이네

이 세 가지 행실을 잘 지키면
덕을 기를 것이며
또한 해를 멀리할 것이네

채근담

사막의 한 그루 나무

사막 한가운데
커다란 나무 하나 서 있네
사막을 여행하는 사람들
그 나무 아래 샘에서
목을 축이고 지나가네

어느 날 샘물의 임자가
아침 일찍 일어나 보니
커다란 나뭇잎에 이슬이 내려 있었네
그는 그것이 이슬인 줄 모르고
나무가 샘물을 빨아먹었다고 생각했네

물을 많이 먹는 나무를 없애
나무가 먹는 물을 줄이면
더 많은 물을 팔아 돈을 훨씬 많이 벌 수 있으리라
그는 날이 선 도끼로 당장 그 나무를 베어 버렸네

그날 이후로
더 이상 샘물이 솟아오르지 않았네
샘은 마르고 아무도 그곳에 들러
쉬어가려 하지 않았네

바람과 그늘, 샘을 만드는 한 그루 나무
작은 새와 동물들 더불어 기쁨을 누렸으나
사람은 그것을 사랑하는 법조차 몰랐네
무지(無知)와 탐욕은 소중한 것을 앗아가네

작자 미상

쾌락을 좇는 사람들에게

쾌락에 의해 삶이 좌우되서는 왜 안 될까
쾌락은 반드시 괴로움과 좌절,
슬픔과 공포의 감정을 유발시킨다
그것은 또한 폭력으로 표출되니
만일 당신이 그런 식으로 살고 싶다면 그렇게 하라
어쨌든 세상의 대부분은 그런 식으로 사니까
그러나 당신이 슬픔으로부터 자유로워지기를 원한다면
쾌락의 모든 구조를 이해해야 한다

쾌락을 이해한다는 것은
쾌락을 부정하는 것이 아니다
나는 그것을 비난하거나 옳다거나 틀렸다고
말하지는 않는다
그러나 만약 당신이 쾌락만을 추구하려 한다면
눈을 활짝 뜨고 그것의 암영(暗影)인
괴로움이 따른다는 것을 알고 추구하라
비록 우리가 쾌락을 추구하고
외로움을 피하려 한다 해도
그 둘은 결코 떨어질 수 없는 것이다

크리슈나무르티 (인도의 성자)

56

결백한 마음

그대가 순진하고 맑고 결백한 마음을 간직했다면
열 개의 진주 목걸이보다도
더 그대의 행복을 위한 빛이 될 것이다

그대가 비록 지금 불행한 환경에 있더라도
만약 그대의 마음이 진실하다면
아직 힘찬 행복을 간직하고 있는 것이다

진실한 마음에서만
인생을 헤어날 힘찬 지혜가 우러나온다

아무리 그대가 지위가 높고 지식이 많아도
인간의 진실을 잃는다면
그 지위도 그대의 몸에서 먼저 멀어질 것이다

페스탈로치 (스위스의 교육자, 자선사업가)

인생의 대차대조표

사랑하는 아들아, 너는
지금 낙엽을 밟으며 공원을 거닐다
쓸쓸히 나무의자에 앉아 있구나
그런데 얼굴이 안돼 보이는구나
무슨 슬픈 일이라도 있니?
뭐, 이제 모든 것이 끝장났다구
사업에 실패해 남은 것이 하나도 없다구
오직 절망뿐 희망도 없고 신념도 사라지고
재기하려니 나이도 먹어 가망이 없을 것 같다구

마치 인생의 실패자인 양 어깨를 떨군
내 사랑하는 아들아,
자, 종이와 연필을 꺼내보아라. 그리고
네게 남은 걸 한번 적어보자
다 소용 없는 일이라구
애야, 네겐 부인이 있잖니
그동안 힘들어도 네 곁을 떠나지 않고
언제나 힘이 되어 주는 사람,
내겐 사랑스러운 며느리였지
아내 생각을 하니 점점 더 면목이 없어진다구
네겐 자녀들도 여럿 있잖니

눈에 넣어도 아프지 않을 만큼
귀여운 나의 손자들 말이다
사업 때문에 잘 돌보지 못해서
늘 미안한 마음을 가지고 있구나
친구들은 어떻니? 여전히 많니?
아, 이번에 실패를 했으니 도와주겠다고 하더라구
네 건강은 어떻니?
몸은 아직 건강한 편이라구
참 다행이구나

사랑하는 아들아, 너는
모든 것을 잃었다고 하지만
이처럼 귀한 재산을 아직 갖고 있구나
실망하기는 아직 이르다
자, 이것을 가지고 새롭게 출발하거라

작자 미상

역경이라는 것

나무에 가위질을 하는 것은
나무를 사랑하기 때문이다

부모에게 야단을 맞지 않고 자란 아이는
똑똑한 사람이 될 수 없다

겨울의 추위가 심한 해일수록
오는 봄의 나뭇잎은 한층 푸르다

사람도 역경에 단련되지 않고서는
결코 큰 인물이 될 수 없다

벤자민 프랭클린 (미국의 정치가, 과학자, 문필가)

당신의 귀중한 오늘 그리고 내일

근심을 떨쳐버리지 못하는 습성에서 벗어나라
또 어떠한 손실을 회복하려고 애쓰지 말라
도박꾼이 많은 돈을 찾으려다가
더 큰 손실을 보듯이
점점 회복하기 어려운 구덩이로 빠지게 된다
하나의 손실은 그 하나로써만 끝내는 것이
가장 현명한 일이다
만약 당신의 마음속에서
어떤 근심이나 분노나
원망이나 애석한 마음이 떠나지 않는다면
그때는 조용히 가슴에 손을 얹고
스스로 물어 보라
과연 그 일이 얼마만한 가치를 가진 일인가
당신은 당신의 생활을
평화롭고 유익하게 전개하고 싶지 않은가
그렇다면 그 근심과 분하다는 감정에서
속히 벗어나라
왜냐하면 당신의 귀중한 오늘과 내일을
그런 것으로 해서 더럽히지 말아야 하기 때문이다

데일 카네기

내가 경솔하다고 느낄 때

기쁜 일이 있을 때
그 기쁨에 넘친 나머지
일의 어렵고 쉬운 것을 생각지도 않고
경솔히 떠맡을 때

술에 취한 김에
일의 선악을 가리지 않고
제멋대로 흥분하고 노기를 띨 때

사업이 마음대로 돼서 재미있다고
함부로 일을 벌릴 때

무슨 일을 하다가 그것이 귀찮아서
중도에 포기할 때

채근담

생각하기에 따라서는

슬픔과 고난은
아름다운 꽃을 피게 할 흙이라 생각하자
마음은 다정하게 그리고 견뎌 나가는 것을 배우자
강하게 살아가기 위해서
더 이상 초조하게 생각하지 말고
투정을 부리지 말고
굳건하게 살아가기 위해서
가능한 최선의 노력을 다한다면
언젠가는 즐겁고 만족스러운 생활을 할 수 있다

헬렌 켈러 (미국의 여류 문필가, 사회사업가)

천 번의 입맞춤

살아 봐요, 나의 레스비아
그리고 또한
서로 사랑해 보아요
남을 헐뜯는 험구가들이나 늙은이들이 모여
무슨 말을 하건 말건
신경 쓰지 말고 그 자리에서
묵살해 버려요
태양은 날마다 서산에 지고 말지만
또다시 떠오르는 것
허나 우리의 짧고 희미한 빛줄기는
꺼지고 말면 그뿐이랍니다
언제까지나 밝을 줄 모르는 깊은 밤을
잠잘 수밖에 없나니
자, 내게 입맞춤을 한 번 해 주어요
그리고 다시 한 번
또다시 천 번, 그리고 쉬지 말고
또다시 백 번,
다시금 세 보리. 천 번의 입맞춤을
뒤이어 다시 백 번,
또다시 천 번의 입맞춤이 끝난 뒤
그 모든 입맞춤을

하나도 빠짐없이 그대에게 돌려 드리리
남몰래 사알짝 살짝
어떤 심술꾸러기가 우리 입맞춤을 보고
샘내지 못하도록,
그런 멋진 입맞춤이 있다는 사실을
깨달을 때까지

카툴루스 (로마의 서정시인)

생각보다 중대하지 않다

나는 좀더 밝고 좋은 길로 뻗어 나아갈 수 있으면서도
과거의 어떤 죄악감 때문에 장래의 일까지
어둡게 생각하는 사람들을 간혹 본다

과거는 과거로 파묻어 버려야 한다
대게 나 자신이 생각하고 있는 만큼
그것이 그리 중대한 것이 아닐 때가 많다

나는 때론 그때의 환경이나 상태에서는
어찌 할 수 없었다고 스스로를 용서해 버린다
그러면 백지로 돌아가
다시 새로운 출발을 할 수 있게 되는 것이다

나는 과거의 어떤 잘못이 큰 장애물이 되어
앞일까지 망치는 사람들을 종종 만난다

과거는 과거로 그냥 남겨 둔다면
과거의 어떤 잘못을 고민하던 끝에
그 원인을 남의 탓으로 돌리지 않아도 된다

로렌스 (영국의 시인, 소설가)

다른 사람이 잠든 사이

보지도 듣지도 못한 일에 관해서
내 마음을 괴롭히지 않겠노라

인류를 위한 일이 아니라면
나와 관계없는 일에 뛰어들지 않겠노라

다만 다른 사람이 그른 짓을 하고 있는 동안에도
나만은 자기 완성의 길로 바르게 나아가
속히 나의 꿈을 이루도록 힘쓰는 것이
훨씬 멋진 일이기 때문이다

칼라힐

우주와 같은 마음

우주가 넓듯이 사람도
그 마음의 세계를 넓게 가질 수 있는 것이다

좁은 생각 속에 푹 빠져 있으면
시야가 좁고 머리가 완고하게 되어 버린다

손가락으로 뚫는 구멍으로 세상을 보지 말고
창문을 활짝 열어 젖히고 가슴을 펴고
세상을 볼 필요가 있다

완고한 생각과 좁은 사고방식으로
자기를 결박하지 말고
좀더 넓은 마당으로 뛰어나올 필요가 있다

라 로시푸코 (프랑스의 도덕주의자)

꿈을 지닌 우리는

나는 눈앞의 것만 바라보고 살아가는 것이 아니다
좀더 먼 곳을 바라보며
미래 속에 묻힌 꿈을 바라보고 살아간다

나는 현재보다 좀더 보람있고 아름다운 것을 바라고
좀더 의젓한 것을 원하고
좀더 반듯하고 튼튼한 것을 희망하고 있다

나는 때묻은 현실에 있으면서
때묻지 않은 꿈을 향해 걸어가고 있는 것이다

만약 나에게 맑고 고운 꿈이 없다면
무엇으로써 때묻은 현실을 씻을 것인가

당신도 아름다운 꿈을 지녀라
그럼으로써 때묻은 오늘이 순화될 수 있다

릴케 (독일의 시인)

앙드레 지드의 사랑의 조건

사랑을 하는 자의 첫째 조건은
그 마음이 순결해야 한다
상대방의 인격을 존중하지 않고는
진실한 연애라고 할 수 없다

그리고 그 마음과 뜻이 흔들림이 없어야 한다
신 앞에서도 부끄러움이 없고
동요함이 없어야 한다

동시에 대담성이 있어야 한다
장애물에도 굴하지 않는 용기를 지녀야 한다
이와 같은 조건이 갖추어졌다면 그것은
참된 애정이고 진실한 연애이다

앙드레 지드

자유의 원칙

자유라는 것은 내 마음대로
행동하는 것을 의미하는 것은 아니다
그것은 단지 혼란한 자기 마음을 그대로
내던지는 것밖에 안 된다

자유라는 것은 우선 자기 내부를 정리하고
질서를 세우는 데서 출발한다
자기 자신을 정리하지 않은 행동은
주인 없이 멋대로 달리는 말이나 다름없다

목표가 없는 행동은 하나의 방종이다
모든 자유로운 행동의 원칙은 그 내부에 질서가 있고
목표가 분명한 데에 있다

피타고라스 (그리스의 철학자, 수학자, 종교가)

인간에 대한 예절

우리는 모든 사람에게 친절이 대하되
특별히 자기가 거느리고 있는 사람에겐
더욱 친절히 대할 것이다

그들은 우리와 마찬가지로
값있는 생을 누리고
그 기쁨을 누릴 권리가 있기 때문이다

고리키 (러시아의 작가)

졸렬하게 살기 싫어

사람들은 돈을 벌기는 어려워도
쓰기는 쉽다고 말한다

그러나 사실은 돈을 벌기보다
쓰는 방법이 훨씬 어려운 것이다

돈을 잘 쓰는 사람은
인생의 승리자가 되고
그 방법이 졸렬한 사람은 패배자가 된다

그락쿠스 (로마의 정치가)

평화를 깨뜨리는 99% 원인

음식에 양념이 제대로 안 되었다고
짜증을 내는 수가 있다

사소한 일에 짜증을 내는 습관은
평화를 깨뜨리는 원인의 99퍼센트를 차지한다

사소한 일을 웃으며 넘긴다는 것은
자신의 평화를 지키는 지혜로운 일이다

알랭

나 자신

세상에 가장 좋은 벗은 나 자신이며
가장 나쁜 것도 나 자신이다

나를 구할 수 있는 가장 큰 힘도
나 자신 속에 있으며
나를 가장 나쁘게 해하는 무서운 칼날도
내 자신 속에 있다

이 두 가지 내 자신 중의 어느 것을 좇느냐에 따라
당신의 운명이 결정된다

웰만

위인에게서 얻는 것

위대한 사람을 접촉하면 내가 생각하고
헤매던 일을 선뜻 가르쳐 주는 힘이 그 속에 있다
그렇기 때문에 위인이라는 것은 내가 모르는 글자를
사전을 들춰보고 찾듯이 나의 갈 길을
가르쳐 주는 이익이 있다
그러나 사전에서 본 지식이 오래 머릿속에
머물러 있지 못하고 잊어버리기 쉽듯이
위인의 행적에서 얻은 지식도
우리 머릿속에 잘 붙어 있지 않는다
사람이란 내부에서 성장하는 것이지
밖에서 빌려 온 지식으로 커지지 않기 때문이다
참된 교육이란 자기 자신을 밖으로
뻗치고 넓히는 데 있는 것이다
위대한 사람들은 내가 그와 같이 내부로부터
성장할 수 있는 자극을 준다
성장의 발 디딤을 만들어 주는 것, 이것이
내가 위대한 사람들에게서 얻을 수 있는 것이다

에머슨 (미국의 사상가, 시인)

한 가지 실패

지금 당신에게 어떠한 괴로운 일이 있다고 하자
인생이라는 커다란 눈으로 볼 때
대체 그것이 얼마만한 괴로움인가 생각해 보라
그것은 인생이라는 나그넷길에서 누구도 피할 수 없는
괴로움의 하나라고 생각한다면 대범할 수 있다

무슨 일을 괴롭다고 판단 내리지 말라
괴롭다는 생각이 괴로움을 더 크게 한다
자기의 어떤 실패에 대해서
스스로 괴로워하지 말라

한 가지 실패를 자꾸 괴로워하는 것은
다음 일도 실패로 이끄는 원인이 된다
한 가지의 실패는 그것으로 막을 내려
멀리 보내는 게 중요하다

모든 자기 학대의 감정은 체념이 부족한 까닭이다
자기 학대의 감정은 자기를 다칠 뿐 아니라
나아가서 남도 다치게 한다

러셀

산다는 것이 귀찮아질 즈음

모든 일에 언제나 총명한 사람은 하나도 없다
천 번 생각해도 한 가지 실수를 면치 못한다

어리석은 자라 해서 천 가지 일이
모두 어리석지는 않다. 때로 맞는 일이 있다
위인은 늘 어리석은 자의 말에도 귀를 기울인다

산다는 것이 귀찮다고 실망하지 말라
사람들이 어깨에 짊어지고 있는
세상의 무거운 짐은
사람들 스스로 자신의 사명을 완수하도록
강요하는 것이다

이 짐에서 벗어나는 오직 하나의 길은
사명을 완수하는 데 있다
내게 지워진 이 일을 완수했을 때에만
이 무거운 짐은 없어질 것이다

디즈레일리 (영국의 문인, 정치가)

갓난아이가 웃는 까닭

내 생활에 있어서 괴로운 일의 하나는
남에게 진 빚이다
빚 없는 삶은 거의 없다
그러나 전혀 빚이 없는 사람보다는
다소 빚이 있는 것이 낫다
빚 걱정이 없는 사람은
날마다 소화 불량을 걱정하지 않으면
오늘은 무엇으로 소일할까를 걱정할 것이다
편안한 사람은 스스로 걱정을 만든다
걱정없는 인생을 원하지 말고
걱정에 물들지 않는 연습을 하라

갓난아이가 웃는 것은
우스운 일이 있어서 웃는 것이 아니라
의미 없이 그냥 웃는 것이다
행복하기 때문에 웃는 것이 아니고
웃기 때문에 행복하다고 할 수 있다
살기 위해서 먹는 것이 아니라
먹는 그 자체가 즐거워 먹듯이
웃는 것 그 자체가 즐거운 것이다
그렇기 때문에 먼저 웃는 것이 필요하다

알랭

당신이 받은 가장 좋은 선물

가장 최악의 고통 속에 빠졌을 때
어느 의미에서 당신은
가장 좋은 것을 선물 받았다고 할 수 있다

고통이야말로 사람을
참된 행복으로 인도해 주는 매개가 되기 때문이다
고통을 건너야만 사람은
행복을 발견할 수 있게 되어 있다

자기에게 이해관계가 있을 때만
남에게 친절하고 어질게 대하는 것이 아니라
그 이해관계를 떠나서 누구에게나 친절하고
누구에게나 어진 마음으로 대한다면
어진 마음 자체가 따스한 체온이 되어
고통에 빠진 자신과 남을 참된 행복으로 인도한다

파스칼 (프랑스의 사상가, 수학자)

불행을 이용할 수 있어야

불행을 불행으로서 끝을 맺는 사람은
지혜가 없는 사람이다

불행 앞에 우는 사람이 되지 말고
불행을 하나의 출발점으로 이용할 수 있는 사람이 되라

불행을 모면할 길은 없다
불행은 예고 없이 도처에서 우리를 기다리고 있다

어떠한 총명도 미리 불행을 막을 길은 없다
그러나 불행을 밟고 그 속에서
새로운 길을 발견할 힘은 우리에게 있는 것이다

불행은 때때로 유익한 자극제가 될 수 있다
우리는 불행을 자기를 위하여 이용할 수 있는 것이다

발자크 (프랑스의 작가)

자기 중심이 흔들릴 때

사람이 불안을 느끼는 이유 중 하나는
자신이 행한 부도덕한 일에 대한 가책 때문일 수 있다

도덕 그 자체는 우리가 행복하게 되는 길을
직접 가르쳐 주는 것은 아니지만
그것은 행복으로 통하는 입구이며
행복을 받을 만한 토대를 제공한다

그렇기 때문에 남에게 친절히 하고
올바른 태도를 갖는다는 것은
자기 안정의 기초가 되는 것이다

대체로 불안이란 자기가 자기를 믿지 못하고
중심이 흔들리기 때문에 생기는 것이다

로렌스

기회가 당신에게 온다면

때를 놓치지 말라
이 말은 인간에게 주어진 영원한 교훈이다
그러나 인간은 이것을 그리 대단치 않게 여긴다

좋은 기회가 와도 그것을 잡을 줄은 모르고
때가 오지 않는다고 불평만 한다
하지만 때는 누구에게나 오는 것이다

데일 카네기

필요하면 싸워 얻는다

일심으로 원하면 자기가 희망하는 것을
능히 얻을 수 있네

모든 희망은 이루어질 수 있는 것이라는
신념을 갖도록 교육을 받지 않았다면
그 사람은 올바른 교육을 받지 못한 사람이네

그러나 단지 마음속에서 바라고
원하기만 해도 소용이 없네

노력 없이 단순히 원하는 경우에는
아무것도 얻을 수 없네

자기가 희망하는 것을 얻는 데
필요한 노력을 다 기울이고
그것을 싸워 얻을 수 있는 방법을 배워야 하네

로렌스

3

내 약점을 내가 먼저 털어놓는다는 것은
남의 장점을 내가 먼저 들추어 준 만큼 통쾌하다
반대로 내 장점을 내가 먼저 자랑하는 것은
남의 약점을 내가 먼저 꼬집는 만큼 불쾌하다

자신을 향상시키세요

나를 되돌아보기

발돋움을 하고 서 있는 사람은
오래 서 있을 수 없다

자기의 실력을 생각지 않고
자랑하고 무리해서는 안 된다

공이 있다고 그것을 자랑하지 말라
그 때문에 도리어 그 빛이 엷어진다

자기의 재능을 너무 믿지 말라
왜냐하면 마음이 흩어지고 노력이 부족해서
일을 그르치기 쉽다

노자 (중국 추나라의 사상가)

지금 당장 행복해지고 싶다

당신의 눈물 그리고 슬픔의 원인이 무엇인가
여러 가지 이유를 붙일 수 있고
여러 가지 구실을 둘러댈 수 있겠지만
그 근본을 따져 보면 당신이 어떠한 이익을 놓쳤거나
혹은 허영심 때문이었다는 것을 발견하게 될 것이다
욕심과 허영심을 버리면 우리는 지금 당장에라도
진실로 행복해질 수 있다

라 로시푸코

내게서 비롯된 일곱 가지

복이란 깨끗하고 검소한 데서 생기고
덕은 자기 몸을 낮추고 겸손하게 하는 데서 생기고
명은 화평하고 마음을 밝게 갖는 데서 생기는 것이다

근심이란 쓸데없는 욕심을 부리는 데서 생기고
화는 부질없이 재물을 탐하는 데서 생기고
과실은 경솔하고 몸을 거만하게 갖는 데서 생기고
죄는 어질지 못한 데서 생기는 것이다

자기 눈을 경계해서 남의 잘못하는 것을 보지 말고
입을 경계해서 남의 단점을 말하지 못하게 하고
마음을 경계해서 재물을 탐하거나 성내지 않도록 하고
몸을 경계해서 나쁜 친구를 따라다니지 않도록 하라

성유심문

사람을 주저앉게 하는 것

원하는 물건을 손에 넣었을 때보다는
머릿속에서 생각할 때가 행복한 것이 보통이다
원하는 물건을 손에 넣으면 그것이 전부라고 생각하고
더 이상 뛰어다닐 마음 없이 주저앉아 버린다

재물에는 두 가지 종류가 있다
사람을 주저앉게 하는 재물은 권태가 온다
마음을 기쁘게 하는 재물은 더욱 계획하고
앞으로 일을 계속해 나갈 것을 요구한다

일 년 양식을 광 속에 쌓아 둘 수는 있지만
행복은 쌓아 둘 수 없다
인간은 활동하지 않고 행복하게 될 수는 없다
잠시 곤란한 길을 땀 흘리며 뛰어가는 것이
행복의 전제 조건이다

쌓아 놓고 소비만 할 수 있는 행복이란 없다
사람을 주저앉게 하는 행복이란 없다
사람을 주저앉게 하는 행복은 이미 행복이 아니라
하나의 권태일 뿐이다

알랭

일단 한번 으랏차차

쉬워 보이는 일도 해보면 어렵다
못할 것 같은 일도 시작해 놓으면 이루어진다

쉽다고 얕볼 것이 아니고
어렵다고 팔짱을 끼고 있을 것이 아니다

쉬운 일도 신중히 하고 곤란한 일도
겁내지 말고 해보아야 한다

길은 가까운 곳에 있다
그런데도 사람들은 헛되이 먼 곳을 찾고 있다

일이란 해보면 쉬운 것이다
시작을 하지 않고 미리 어렵다고 생각하기 때문에
할 수 있는 일들을 놓쳐 버리는 것이다

채근담

누가 운명의 열쇠를 가졌을까

인생에 있어서 기회가 적은 것은 아니다
그것을 볼 줄 아는 눈과 붙잡을 수 있는
의지를 가진 사람이 나타나기까지
기회는 잠자코 있는 것이다

비록 재난이 닥친다 할지라도
그것을 휘어잡는 의지 있는 사람 앞에서는
도리어 귀중한 가능성을 품고 있는 것이다

그렇기 때문에 누구도 어떤 사람에게
그 사람의 운명 전체를 만들어 줄 수는 없는 것이다

부모의 유산도 자식의 행복을 약속해 주지 않는다
우리는 우리가 상상하는 이상으로
자신의 힘 속에 운명의 열쇠를 가지고 있다

로렌스

삶의 풍파

인생의 목적은 끊임없는 전진에 있다
앞에는 언덕이 있고 시내가 있고 진흙도 있다
걷기 좋은 평탄한 길만은 아니다

먼 곳으로 항해하는 배가 풍파를 만나지 않고
조용히만 갈 수는 없다

풍파는 언제나 전진하는 자의 벗이다
차라리 고난 속에 인생의 기쁨이 있다

니이체 (독일의 철학자)

처음부터 당신은

사람은 자기의 힘과 능력을
최고로 발휘하였을 때 큰 기쁨을 느끼네
누구나 자기가 얼마만한 능력을 가졌는가
미리 알지는 못하네

일하고 노력하고 연구하는 동안에
그 능력은 비로소 그 얼굴에 나타나는 것이니
처음부터 자기는 그 일을 못하겠다고
한계를 정해 버리는 것은
자기 능력을 막아 버리는 것이네

하나의 새롭고 어려운 일은
그만큼 새로운 자기 힘을 닦고
시험해 볼 마당이라네

괴로운 일을 괴롭다 하지 말고
오히려 용기를 내어 그 괴로운 일에
온몸으로 부딪쳐야 한다네

로렌스

게으름뱅이의 변명

사람들이 자기의 게으르다는 결점은
조금도 부끄러워하거나 감추려고 하지 않는다

재주가 없다고는 생각지 않고
자신이 게을러서 못하고 있는 것이라고 생각한다
특히 남에게 그렇게 말하고 싶어한다
그러나 게으르다는 것은 큰 악덕 중의 하나다

불결한 곳에 병균이 발생하듯이
게으른 마음에 죄악이 스며드는 것이다

라 로시푸코

엄마가 아들에게 보내는 편지

행실이 좋지 못한 내 아들아,
엄마의 말을 좀 들어주련
망치와 못 한 줌을 줄 테니
앞으로는 좋지 못한 일을 할 때마다
기둥에 못을 한 개씩 박아라
어때 재미있는 일일 것 같지 않니
그렇게 하기로 했다고
참 잘 생각했구나
네겐 이 일이 무슨 놀이나
자랑이라도 되는 양 생각되겠지
네가 날마다 하는 일들을 미루어 보건대
얼마 되지 않아 기둥에는 못이 가득하겠지

마치 놀이하듯 기둥에 못을 박고 있을 내 아들아,
엄마는 못이 가득 박힌 그 기둥을 보며
이렇게 생각할거야
자기 스스로 깨달은 나쁜 일들이 저렇게 많은데
자신이 깨닫지 못한 잘못은 또 얼마나 될는지……
어쩌면 깊은 한숨을 쉴지도 모르겠구나

뭐가 뭔지 잘 모르는 내 아들아,

이미 기둥에 못을 다 박았다면
이번에는 이렇게 하거라
앞으로는 착한 일을 할 때마다
네가 박은 기둥의 못을 하나씩 뽑아라
그리고 못을 뽑으며 너의 지난날을 떠올려 보거라
기둥에 박힌 못들이 너 자신과
엄마의 가슴을 찌르는 것 같지 않니

만일 네가 엄마 품에 쓰러져 후회의 눈물을 흘린다면
엄마는 기둥에 남아 있는 못자국들을
하나씩 하나씩 손으로 매만지며
기쁨의 눈물을 흘릴거야
사랑하는 나의 아들아, 꼭 그렇게 해 주렴

작자 미상

사랑을 넘어

사랑하는 사람을 가지지 말라
미운 사람도 가지지 말라
사랑하는 사람은 못 만나 괴롭고
미운 사람은 만나서 괴롭다

그러므로 사랑을 일부러 만들지 말라
사랑은 미움의 근본이 된다
사랑도 미움도 없는 사람은
모든 구속과 걱정이 없다

사랑에서 근심이 생기고
사랑에서 두려움이 생긴다
사랑을 넘어선 사람에게는
근심이 없거니 또 어디에 두려움이 있으랴

법구경

세월

인생이란 확고함 없이
먼지처럼 여기저기 날린다

바람 따라 흩어지고, 굴러다니니
영원한 존재가 아님을 알겠다

청년시절은 다시 오지 아니하고
하루의 새벽 또한 한 번뿐

시간을 적절하게 활용해야 하리라
세월은 사람을 기다리지 않는다

도연명 (중국의 시인)

처음부터 단념하고 싶을 때

지나친 자신감은 경계해야 하지만
합당한 자기 신뢰는 자기 발전에 꼭 필요한
삶의 원동력이다
재능을 지레짐작하여 나는 그렇게 될 수 없다 하며
처음부터 단념해 버린 탓으로
위대하게 될 기회를 놓친 사람이 적지 않다
당신의 재능을 처음부터 포기해서는 안 된다
눈앞에 기회가 왔을 때 뒷걸음질치지 말고
부단히 노력하라
자유스런 기분으로 자기의 능력과 재능을 발휘하면
얼마든지 성공할 수 있다는 믿음을 가져라
그 길을 막을 사람은 아무도 없다는 것을 알아야 한다
나의 향상을 위한 이런 노력을 막을 사람은
나 이외에는 아무도 없는 것이다
불안정하고 변화무쌍한 이 세상에서
자신의 노력과 능력에 대한 자신과 신뢰는
가장 유익하고 견고한 것이다

로렌스

성공의 열쇠를 가진 그대

높은 곳에 오르면 마음이 활달해지네
맑은 냇물에 몸을 적시면 속세를 떠난 것 같네
눈오는 밤 독서에 잠기면
기쁨과 즐거움에 가득 차네
이런 취미가 곧 인생의 참다운 모습이라네

성공의 비결은 그 지망하는 것이 일정하고
변하지 않는 데에 있네
변하지 않고 한 가지 목표를 지니고 나아간다면
반드시 싹이 틀 때가 있네

사람들이 성공하지 못하는 것은
처음부터 끝까지 한 길로 나아가지 않았기 때문이지
성공의 길이 험해져서가 아니네
한마음 한뜻은 쇠를 뚫고 만물을 극복시킬 수 있네

디즈레일리

살다보면

한여름은 으레 더운 것이다
이때 덥다고 성화를 한들
더위는 결코 피할 수 없는 것이다
그보다도 덥다고 성화하는 마음을 가라앉히면
몸은 편하고 더위도 덜할 것이다

이처럼 인간은 형편이 좋을 때도 있으며
좋지 못해 궁박할 때도 있다
그런데 이같이 궁박하다고 성화를 하고 떠들어 본들
그 궁박과 곤란이 달아날 리 만무하다

그보다도 가난을 근심하고 슬퍼하는 마음을
축출해 버리면 마음은 항상 편해지고
형편도 피게 될 것이다
마음먹기에 따라 더위를 피할 수도 있으며
빈곤에서 벗어날 수도 있다

채근담

습관의 그물

사람의 보통 정신이란 적당히 게을러 보고 싶고
적당히 재미있는 일에 끌려가고 싶어하는 것

습관은 우리의 지식을 더 뻗지 못하게 하고
중도에서 한계선을 긋게 한다

당신이 좀더 넓고 높은 정신에 도달하지 못한 것은
당신 자신이 스스로를
이끌고 가려 하지 않았기 때문이다

라 로시푸코

성공의 두 가지 얼굴

성공에는 외면적인 것과 내면적인 것이 있다
사람들이 바라는 것은 외면상의 성공이다
그러나 인생에 있어서의 참된 성공은
높은 인간적 완성과
진실로 내용적으로 실력을 갖춘 활동력에 있다
외면상의 성공과 내면적인 성공이 일치하는 경우이면
더 말할 것 없이 좋은 것이지만
때로 이 두 가지는 상반된다
자기의 인간성을 높이고 진실로 더 큰 자기의 힘을
키우기 위해서 어떤 외면상의 명성이나 지위를
버려야 하는 경우도 있다
내면적인 참된 성공을 위해서
외면상의 성공이 희생되는 것이다
내면적인 성공의 길은
잠시 외면상 실패한 것으로 나타날 수도 있다

칼 힐티 (스위스의 철학자, 법학자, 종교가)

어린이 눈으로

어린이들의 존재는 이 땅 위에서
가장 빛나는 혜택이다

죄악에 물들지 않은 어린이들의 생명체는
한없이 고귀한 것이다

우리는 어린이들을 사랑하지 않을 수 없다
우리는 어린이들 속에서 미를 발견하고
행복을 느낄 수 있다

어린이들 틈에서만 우리는 이 지상에서
천국의 그림자를 엿볼 수 있는 것이다
아이들의 생활은 고스란히 하늘 속에 속한다

아미엘 (스위스의 미학자, 철학자)

부모의 위신

아이들은 보통 부모에 대해서
커다란 신뢰감을 가지고 있다
그 신뢰감을 남용하지 말아야 한다

어린아이의 어떤 질문에 대해서
부모의 위신을 지키기 위해서
분명하지 않은 대답을 하는 것은 좋지 않다
모르는 것은 솔직히 대답하여야 한다

아이들의 신뢰감을 손상시키지 않으려고
모르는 것을 아는 척한다면 그 결과는 매우 나쁘다
아이들은 결국에 가서 부모의 대답이 틀렸다는 것을
발견하게 될 것이며 그때는 정말로
부모의 위신과 신뢰감이 뒤집히는 것이다

모르는 것을 모른다고 하면
이 세상에는 부모가 모르는 것도 많이 있다는 것을
아이는 깨닫게 될 것이고
동시에 부모에게 의지하지 않고
자기 스스로 알고자 하는 노력을 하게 될 것이다

부모 자신이 확실히 모르는 것은
모른다고 대답해야 하며 그럼으로써
부모의 신뢰감이 손상되지 않는다

모르는 것을 모른다고 할 적에
부모는 공정한 위치에 서 있다는 인상을
아이들에게 줄 수 있다

로렌스 굴드

원수와 원한을 맺으면

은혜와 의리를 넓게 베풀어라
인생이란 어디서든지 서로 만나지 않으랴
원수와 원한을 맺지 말 것이다
외나무다리 좁은 길에서 만나게 되면
회피하기 어려울 것이다

내게 착하게 하는 사람한테도
나는 착하게 대할 것이요
내게 악하게 하는 사람한테도
나는 또한 착하게 대해야 한다

지난날에 남에게 악한 일을 하지 않았으면
딴 사람도 나에게 악한 일을 하지 않을 것이다

경행록

성공의 요술 주머니

성공을 하려거든 남을 밀어젖히지 말고
또 자기 힘을 측량해서 무리하지 말며
자기가 뜻한 일에는 한눈 팔지 말고
묵묵히 한 길로 나아가야 한다
평범하나마 이것이 성공이 튀어나오는 요술 주머니다

벤자민 프랭클린

무엇이든 가뿐하게

일을 시작할 때 그 일이 고통스런 일이라고
선입관을 갖는 것은 피로를 배가시키는 원인이 된다

일을 시작할 때 상을 찡그리거나
고통의 표정을 나타내는데 그런다 해서
일이 더 잘되는 것도 더 빨리 되는 것도 아니다
그러한 표정은 조금도 정신 활동과는 관계가 없다

이왕이면 가벼운 태도로 일을 시작하라
정력적인 일을 하는 사람을 보면 가벼운 태도로
오히려 무거운 일들을 처리해 나가고 있다

데일 카네기

스스로 보이는 모범

자기는 믿지 않는 일을 어린이들이라 해서
그럴 듯하게 얘기해 주어서는 안 된다
그러면 어린이들은 거짓말을 배우게 된다

약속한 일은 반드시 지켜야만 된다
거짓말하지 말라고 열 번 가르치는 것보다
어른 자신이 거짓말을 않도록 주의해야 할 것이다

어린이들은 그들의 눈으로 어른들의 하는 일을 본다
부모가 어린이를 가르치는 가장 좋은 방법은
부모 자신이 일상생활에서 좋은 습관을 갖는 데에 있다

슈와드

은혜 갚을 기회

참된 마음으로 남에게 은혜를 베푸는 사람은
장래의 보답을 받으려는 속셈으로 도와준 것이 아니네
그러므로 자만하는 생각이 없네

왜냐하면 남이 자기에게 받은 은혜를
잊어버리지 아니하고 갚으려고 하나
기회를 얻지 못하여 일생을 두고 고민하다가
내내 갚지 못하는 수가 있음을 알기 때문이네

불교경전

지금 당신에게 필요한 것

피로하면 몸이 노곤할 뿐 아니라
정신적으로도 괴로운 상태에 빠진다
피로하기 때문에 마음속에 고민이 스며드는 것이다
의학적으로 보더라도 피로는 추위와 더위
병에 대한 신체적인 저항력을 약하게 만든다
또 정신병리학자는 말하기를 사람이 피로하면
공포와 고민의 감정에 대한 저항력이 악화된다고 한다
가슴이 떨리고 머리가 아찔한 현상은
피로에서 오는 수가 많다
그렇기 때문에 피로한 상태에 빠지지 않도록 주의하라
피로를 물리치면 아울러 고민을 물리치는 것이 된다
피로한데도 불구하고 계속해서 일하는 것은 좋지 않다
편안히 쉰다는 것은 무엇보다도 효과 있는 약이다
신경과민에서 오는 마음의 동요 같은 것도
푹 쉬고 나면 자연히 사라지는 것이다
신경이 예민하고 감정이 날카로워지는 것은
대개 피로가 겹쳐서 생기는 것이니
무엇보다도 피로를 풀어 버릴 필요가 있다
속상한 일로 속상한 마음이 흥분했다가도
하룻밤 푹 자고 나면 그 감정은 자취를 감춰 버린다
그러니 피로하거든 무엇보다도 휴식을 취하라

데일 카네기

자신을 알려거든

자기 자신을 알려거든
남이 하는 일을 주의해서 잘 보라
다른 사람이 하는 일은 내가 하는 일에 대한 거울이다

다른 사람을 알려거든 그 사람을 위해 주고
이해하려거든 먼저 자기 마음속을 들여다보라
내가 남에게 원하고 싶은 것을 먼저 베풀도록 하라

쉴러

망설임

사람이 고집스럽고 포용력이 없으며
좁은 생활 습관에서 벗어나지 못하는 것은
자기 앞에 무엇인지 큰 장애물이 있다고 착각하고
망설이기 때문이다

망설인다는 것은 한자리에 못박혀서
오도가도 못하는 개미 쳇바퀴 돌 듯한
정신 소모에 지나지 않는다

당신 앞에는 장애물도 없다
망설이는 태도 자체가 가장 큰 장애물인 것이다
결심하면 마침내 길이 열리고 현실에는
새로운 국면이 나타난다

러셀

먼저 내가 할 일

먼저 내가 할 일은
내 자신에게 진실해야만 하는 것이다

어찌 스스로는 진실치 못하면서
친구가 자기에게만 진실하기를 바라는가

만약 그대가 자신에게 진실하다면
밤이 낮을 따르듯이 어떠한 친구도
그대에게 거짓말을 않게 되리라

셰익스피어 (영국의 극작가, 시인, 배우)

마음 쓰는 법

자기를 동정해 주는 사람을 사랑하는 것은
아주 쉬운 일이다
그러나 자기를 속이고 배반하고 중상하는 사람을
비난하지 않는다는 것은 어려운 일이다

하루에 세 번 내 몸을 돌아보라
남을 위해 충실치 못한 일이 없었는지
또 벗에 대한 신의가 없지 않았는지
예의에 어긋나는 일이 없었는지
두루 살펴보라

동양명언

내가 가진 것을 사랑한다면

질투심이 많은 사람은
적어도 행복의 조건에서 이탈한 사람이다
질투라는 것은 자기가 가진 것에 대해서
즐거움을 찾지 않고,
남의 소유물에 대해서 괴로워하는 감정이다

행복은 자기가 소유한 것을
사랑할 수 있는 사람의 것이다
남의 주머니에 든 물건을 탐내지 않는다는 것이
행복의 가장 중요한 조건이다

로렌스

세상을 사는 지혜

세상을 살아갈 때
일마다 공이 있기를 바래서는 안 된다
공이 따로 있는 것이 아니라
허물이 없으면 그것이 곧 공인 것이다

남에게 무엇을 베풀 때에는
자신의 덕에 감동할 것을 바라지 말아야 한다
덕이 따로 있는 것이 아니라
원망을 듣지 않으면 그것이 곧 덕인 것이다

세상을 살아갈 때
항상 한걸음 물러설 줄 알아야 한다
물러서는 것은
곧 나아가는 밑천이다

사람을 대하는 데는
항상 너그러워야 한다
남을 이롭게 하는 것은
곧 자기를 이롭게 하는 것이다

채근담

잘 듣는다

비록 상대가 어리석은 사람이라 할지라도
그 말 속에서 무엇을 듣고자 하는 사람이
진정 앞선 사람이다

자기가 아는 것만 자랑하고
자기가 가르치고 설교하고 싶어하는 사람은
진보가 없는 사람이다

듣기도 하고 말하기도 하며 지내는 것이
자연스럽고도 진실한 인생의 모습이다

러스킨 (영국의 저술가, 비평가)

4

우유부단한 마음은 의혹과 공포심을 낳게 하며
행동은 용기를 낳게 한다
공포심 때문에 집에 틀어박혀서
우물쭈물하고 있다면 아무 일도 할 수 없다
밖으로 나가서 무엇이든 열심히 일을 해야 한다

'열심하다'는 것

최후의 승리자

허위의 탈 속에 자기를 감추려고 하지 말라
당신이 최후의 승리자가 되기를 원한다면
진리를 따라야 한다

한때 불리하고 비참한 처지에 빠져
상처를 입더라도 그것은
치료를 받을 수 있는 상처이다

속임수를 쓰는 것은
어떠한 경우에도 좋은 전술은 아니다
속임수는 도리어 적에게
약점을 잡히는 결과가 되는 것이다

당신의 운명을 속임수에 의탁하지 말라
당신이 의지할 것은 오로지
정당한 사실과 진리여야 할 것이다

앙드레 지드

시험을 끝마친 청소년에게 주는 충고

어떤 점에 있어서 자기가 남보다 뛰어나더라도
그것을 의지하지 않는 것이 좋다
또 어떤 점에 있어서 자기가 남보다 열등하더라도
그것을 과히 걱정할 필요가 없다
잘난 사람도 어떤 점에 있어서는 남만 못할 것이며
못난 사람도 어떤 점에 있어서는 남보다 나을 수 있다

자신이 뛰어나다고 생각하는 것은
도리어 무거운 짐을 짊어진 것과 다름없다
늘 정신적으로 부담을 주는 것이다
사실은 본인이 생각하는 만큼 뛰어난 것도 아니다
그런 생각은 결과적으로 본다면
나를 고립시키고 진보를 막을 우려가 있다

자기가 남보다 못하다는 열등의식도
하나의 정신적 부담을 가하는 일이며
자칫하면 남을 시기하고, 혹은 고독에 빠지기 쉽다
당신에게 부족한 것은
다른 것으로 메우도록 하라

어떤 결점이 있기 때문에

다른 방면으로 유능하게 된 예는 얼마든지 있다
공부를 못했기 때문에 운동 방면으로 나가서
성공한 사람도 있고,
대학을 가정 사정으로 중퇴한 탓으로 상업계로 나가서
몇 해 후에는 큰 상점의 주인이 된 사람도 있다

로렌스

인내의 순간

참을성이 적은 사람은
그만큼 인생에 있어서
약한 사람이다

한 줄기의 샘이
굳은 땅 틈새에서 솟아나듯
참고 견디는 힘 없이는
광명을 얻기 어렵다

오늘 하나의 어려운 일을
참고 극복했다면
그 순간부터 그 사람은
강한 힘의 소유자인 것이다

곤란과 장애물은 언제나
새로운 힘을 만드는 근원인 것이다

러셀

아마도 당신은

당신은
자진해서 먼저 남에게 친절히 하고
그 사람들과의 관계를 유쾌하게 유지할 것이다

당신은
남이 사랑을 베풀기 전에
먼저 사랑을 베풀 것이다

당신은
친구가 시비를 걸기 전에
먼저 그의 마음을 헤아릴 것이다

당신은
평소에 주변을 두루 살펴
당신이 먼저 배려해야 한다는 것을
누구보다 잘 알고 있을 것이다

동양명언

어린이의 천성

물오리는
날 적부터 헤엄을 치듯이
어린이들은
나면서부터 착한 일을 할 수 있는
천성을 지니고 있네

어린이들이 하는 일에
일일이 간섭하는 것은
물오리의 헤엄을 금하는 것이나 다름없네

어린이들을 가르치려면
그 천성을 옆에서 도와주는 것이
무엇보다 중요하네

플로베르 (프랑스의 소설가)

내 안을 살피는 나

당신이 훌륭한 사람을 대할 때
그 사람이 가진 덕을
자기 자신도 가지고 있는가 생각해 보라

당신이 나쁜 사람을 대할 때
그 사람이 지은 죄가
자기에게도 있지 않은가 돌아보라

맹자 (중국 동주시대의 사상가, 유학자)

덕망

덕망이 있는 자는 사람을 대할 줄 안다
높게 처하려면 말에 있어서
사람들에게 겸손해야 한다

사람들을 인도하려면
사람들의 앞에서가 아니라 뒤에서 해야 한다

덕망이 있는 자는 사람을 대할 줄 안다
훨씬 앞서 있어도
그 사람들은 그리 거북하게 생각지 않는다

덕망이 있는 자는 누구와도 다투지 아니함으로
이 세상의 아무도 그와 다투지 않는다

노자 (중국 주대의 사상가)

진실로 어진 사람

진실로 어진 사람은
덕이 있는 행실을 쌓을 때마다
사람들의 눈을 피해서 하는 법이다

진실로 어진 사람은
남모르게 덕행을 쌓는 일을
조금도 서운히 생각지 않는다

진실로 어진 사람은
아무리 자기 자신에 대해서 엄격하더라도
남에게는 무엇하나 요구하는 법이 없다

진실로 어진 사람은 스스로의 상태에 만족하는 법이다
그리고 결코 자기 운명을 위해서
하늘을 원망하거나 남을 비난하는 법이 없다

공자 (춘추시대의 학자, 정치가, 사상가)

자기를 사랑한다면

사람들은 자기 몸을 아끼는 듯하면서
사실은 자기에 대해서 너무도 방심하고 있다
자기가 자기를 다스리지 못하는 데서
사람은 불행해진다
자기 위치를 외부에서 찾아서는 안 된다
자기의 존재가 온전하게
그리고 평범하게 머물러 있을 곳은
오직 자기 내부 마음속뿐이다
남의 것을 부러워하고 남의 것을 시기하는 사람은
자기의 즐거움을 자기 마음속에서 구하지 않고
남의 생활 속에서 구하는 사람이다
자기에게 허락된 환경과 직책에 대해서
충실히 하는 것이 자기를 단속하는 길이다
사람의 길은 먼저 그 마음속에서 열린 뒤에
밖으로 열리는 법이다
자기 마음은 열지 않고
닫은 채로 밖으로만 찾기 때문에
오히려 길이 막히고 험한 것이다

로렌스

즐거운 인생

태양의 빛은 누구에게나 친근감을 준다
사람의 웃는 얼굴은 이 태양의 빛과 같이
누구에게나 친근감을 주며 또한 사랑을 받는다

일생을 즐겁게 살아 나아가려면
모름지기 찡그린 얼굴은 걷어치우고
먼저 웃는 표정을 가지라

슈와르

아마도 누구나 이렇겠지요

남에게 관대했으면
그만큼 내 마음이 넉넉해지지만
만약에 야속하게 굴었다면
그만큼 내 마음이 좁아진 것을 느끼네
그래서 남을 때린 자는 잠을 이루지 못한다 하네

주자 (중국 송나라의 유학자)

분발하세요

일이 조금이라도 뜻대로 안 될 때에는
자기보다 못한 사람을 생각하라
그러면 원망하는 마음이
자연히 없어진다

마음이 조금이라도 게을러질 때는
자기보다 나은 사람을 생각하라
그러면 자연히 분발하게 될 것이다

채근담

만약 당신이

당신이 건강하거든 당신의 힘을
남을 위해서 봉사하는 데에 써라

당신이 병들고 있거든 그 병 때문에
남에게 방해가 되지 않도록 노력하라

당신이 가난하거든 남에게
구원을 받지 않도록 힘쓰라

당신이 욕을 먹거든 그 욕을 한 사람을
사랑하도록 노력하라

당신이 남을 욕했을 때는
당신이 저지를 악을 갚도록 노력하라

잠부론

누군가 나를 칭찬한다면

당신에게만 이야기한다
먼저 남의 험담을 하는 사람은
경망한 사람이고
이와 더불어 맞장구를 치는 사람은
비겁한 사람이며
이를 엿듣고 전하는 사람은
간사한 사람이다

당신에게만 이야기한다
자기 자신의 결점을 반성하고 있는 사람에게는
남의 결점을 보고 있을 틈이 없다
그 사람의 입장에서 보지 않는 한
남의 일에 대해서 이러니저러니 판단하지 말라

당신에게만 이야기한다
남이 나를 칭찬하면 기쁘고
나를 험담하면 불쾌한 것이 보통이다
그러나 진정 칭찬을 기뻐해서는 안 된다
또 남의 험담을 들을 때엔
그것이 사실이건 사실이 아니건
자기를 돌아볼 필요가 있다

작자 미상

자유를 얻는 길

어떠한 환경, 어떠한 생활 속에도
인간이 찾아야 할 의무와 이상이 있다

내가 처해 있는 환경이 매우 불행하고
보잘 것 없는 것이라 할지라도
그 속에는 반드시
내가 찾아야 할 의무와 이상이 있다

나쁜 환경에서라도
자기를 훌륭히 키워 가는 것이
내가 자유를 얻는 길이다

칼라힐

모두 귀한 생명

어떠한 생명이든 자기보다 더 소중한 것은 없다
마찬가지로 다른 생명도
저마다 자기를 소중히 여긴다
그러므로 자기를 소중히 여기는 사람은
남을 해쳐서는 안 된다

모든 생명은 폭력을 두려워하고
죽음을 두려워한다
이 이치를 자기 몸에 견주어
남을 죽이거나 죽게 하지 말라

모든 생명은 안락을 바라는데
폭력으로 이들을 해치는 자는
자신의 안락을 구할지라도 끝내 얻지 못한다

법구경

베푸는 사람, 받는 사람

큰사람은
남에게 호의와 친절을 베푸는 것을
기쁨으로 깨닫는다

그리고 자기가 남에게 의지하고
남에게 호의를 받는 것은
부끄럽게 생각한다

내가 남에게 베푸는 친절은
그만큼 내가 그 사람보다 낫다는 표적이 되지만
남의 친절을 받는 것은
그만큼 내가 그 사람보다 못하다는
의미가 되는 까닭이다

아리스토텔레스 (그리스의 철학자)

젊은이에게 주는 충고

누구나 좀더 좋은 일을 할 수 있다
마음에는 있으면서 막상 실행에 옮기지 못하는 것은
노력이 부족한 까닭이다
모든 착한 일과 좋은 일을 실행하는 데는
노력이 필요하다는 것을 잊어서는 안 된다
또한 그 노력을 두서너 번 되풀이한다면
차차 습관이 되어서 그 후에는
그다지 애쓰지 않아도 쉽게 할 수 있다
그렇기 때문에 무슨 일이든지
최초의 난관을 돌파하는 것이 중요하다

사람은 목적과 신념이 없이는
행복하게 될 수 없다
사람은 그게 무엇이건
하나의 목표 아래 살아가고 있고
또 그것이 옳다고 생각함으로써
행복을 느끼는 것이다
그렇기 때문에 인생은 어떤 목표를 세우고
그 목표에 대해서 신념을 가지고
살아가는 것이 필요하다

누구든지 연습을 꾸준히 하는 동안에

강한 습관이 몸에 밴다는 것은 알고 있다
가령 튼튼한 다리를 가지려면 자주 걸어야 하고
책을 잘 읽으려면 다독이 필요한 것처럼
꾸준한 연습은 매우 중요하다
그러나 이와 반대로 몸에 익숙하던 일도 중지한다면
그 습관의 힘이 점점 약해져 버린다
만약 우리가 열흘이고 스무 날이고 누워 있다가
일어나서 걸으려고 한다면
다리에 힘이 없는 것을 깨달을 것이다
그렇기 때문에 우리가 무엇을 잘하려면
무엇보다도 그 일에 대해서 쉬지 않고
꾸준히 연습해야 한다

그리고 당신의 어떤 버릇 중에 없앨 것이 있다면
그것을 곧 중지해 버리면 되는 것이다
육체상의 일만 그런 것이 아니라
정신적인 활동에 있어서도 이치는 마찬가지다
한 가지의 좋은 일, 한 가지의 성실한 일만 하면
그만큼 좋은 일과 성실한 일에 대한
정신적인 위치를 강화해 주고,
반대로 하나의 나쁜 일에 몰두하면
나쁜 일에 대한 정신적인 유혹을 강하게 만들고 만다

그렇기 때문에 좋은 일은
오늘 당장 시작하는 것이 중요하다
그리고 그릇된 일은
내일부터 고치겠다고 하지 말고
오늘 당장 중지해 버려야 한다

사람들은 내일부터는 잘하리라고 생각하다가
영원히 세월을 허송하고,
죄악의 구렁텅이에 발을 깊이 빠뜨리게 된다
그리고 스스로 그 잘못은 깨닫지 못하고
변명할 구실만 생각하는 것이다

에픽테토스 (로마 제정시대 후기 스토아파 철학자)

운명이 결정되는 순간

누구나 커다란 시련을 당하기 전에는
진정으로 참다운 인간이 못 된다

그 시련이야말로
내가 어떤 존재인가를 인식하고
나의 위치를 결정하고 규정하는 계기가 된다

나의 운명이나 지위가 이때에 결정된다
이러한 커다란 시련을 겪기 전에는
누구 건 아직 어린아이에 지나지 않는다

레오파르디 (이탈리아의 시인)

충고를 할 때 알아야 할 점

나쁜 상태는 좋은 상태로 발전하면
저절로 자취를 감추는 법이다

사람에 따라서는 나쁜 상태를 충고 받고
애써서 고치는 수도 있지만
대부분의 경우에는 반발심이 생기고
그 나쁜 상태가 폭발적으로 확대되는 일이 많다

같은 충고라면 좋은 점을 통해서
그 사람의 결점을 고치도록 하는 것이
서로 기분도 상하지 않으며
또 효과적인 결과를 얻을 수 있다

더구나 젊은 사람들에게는
가혹한 비평을 가하는 것보다는
조심스럽게 인도를 해 줄 필요가 있다

알랭

어리석음과 현명함

어리석은 사람이 어리석은 줄을 안다면
그만큼 슬기롭다
그러나 어리석으면서도 슬기롭다고 한다면
그야말로 어리석은 사람이다

어리석은 사람은 한평생을 두고
어진 이를 가까이 섬기더라도
참다운 진리를 깨닫지 못한다
마치 숟가락이 국 맛을 모르듯이

그러나 지혜로운 사람은 잠깐이라도
어진 이를 가까이 섬기면
곧 진리를 깨닫는다
혀가 국 맛을 알 듯이

법구경

마음속 공허

내 마음속에 어떤 공허감이 있다면
그것은 내가 어떤 것을 찾고 있다는 증거이다
그러나 그 부족한 것을 외부에서 찾아올 수는 없다

사람들은 만족과 위안을 찾아 헤매지만
그것들은 결코 그 공백을 메워 주지는 못한다

왜냐하면 내 마음속에 생긴 공허감은
나의 내부에 숨어 있는
새로운 생명력의 발동으로써만
치료되고 보충될 수 있기 때문이다

내 마음속의 공허는
내 마음속의 생명력을 불러일으킴으로써만
메울 수 있을 뿐이다

파스칼

처음부터 버릴 것

눈물로 씻어지지 않는 슬픔은 없다
땀으로써 낫지 않는 번민도 없다

눈물은 인생을 위로하고
땀은 인생에게 보수를 준다

가장 훌륭한 사람은 모든 것을 버리고
그중에서 다만 하나를 선택한다

영원한 명예를 취하고, 사멸해 버릴 것은
처음부터 버린다

헤라클레이토스 (그리스의 철학자, 이오니아 학파 대표)

사업을 시작하려면

부모의 유산으로 사업을 시작했다가 실패한 후
다시 일어나지 못하는 사람은 흔히 있다
이러한 사람은 모든 것을 그가 가지고 있는
돈의 힘에만 의지하고 있었던 것이다
돈이 떨어지자 그는
무능한 사람이 되고 만 것이다
이런 사람에게 다시 자본을 대 주어도
그 자본을 소비하면 또 먼저와 같이 되어 버린다

자기 자신 속에 행복의 힘을 지니고 있지 못한 사람에게
한 모금의 물을 준들 무엇하랴
그는 그 물을 마시고 나면 다시 목이 마를 것이니
거듭 물을 주어야 한다
한 벌의 의복은 일시적인 행복이 될지 모르나
그 의복이 해진 뒤의 그는 다시 불행한 사람인 것이다

알랭

건강을 유지하는 법

인간은 자연스러운 그대로 내버려두면
그것으로써 충분히 건강을 유지할 수 있다
도리어 문명의 손이 많이 가서
사람의 신체는 약해지고 있다

모자를 쓰지 않는 것이
건강에 좋은 데도 불구하고
모자를 사용하고 있고
손발도 본시 추위와 더위에 대한 감도가 똑같았는데
양말을 신는 습관을 들였기 때문에
손보다 발은 추위를 더 타게 된 것이다

존 로크 (영국의 철학자, 정치 사상가)

완전무결은 없다

사람이 하는 일이
완전무결할 수는 없는 것이 세상의 원칙이다
어떠한 잘못 속에도 진실의 껍질은 남아 있고
아무리 잘한 일 속에도 그릇된 씨앗은 남아 있는 법이다

좀 잘했다고 자랑할 것도 아니고
못했다고 해서 심히 나무랄 것도 아니다

리케르트 (독일의 철학자, 신칸트주의자)

용기 있는 자

그대의 슬픔이 아무리 큰 것이라 할지라도
사람들의 동정심 속에는
반드시 경멸의 마음이 섞여 있는 법이다

남의 동정보다는 스스로 용기를 가져라
운명은 늘 한탄하는 자에게 가혹하고
용기 있는 자에게는 길을 열어 준다

브래들리 (영국의 철학자)

네가 가진 보물

산 속에서 보물을 찾기 전에
먼저 네 두 팔에 있는 보물을 이용하도록 하라

그대의 두 팔이 부지런하다면
그 속에서 많은 것이 샘솟아 나올 것이다

진실한 마음으로 무엇을 계획하고
그 일을 실행에 옮기는 것은
가장 바람직한 생활이다

당신은 오늘의 계획을 가져야 하고
또 내일의 설계를 생각해야 한다

그리고 성실한 마음으로
그 계획을 실행에 옮겨야 한다

스탕달 (프랑스의 작가, 평론가, 외교관)

정직하다는 것

사람은 혼자 있을 때는 스스로 정직하다
혼자 있을 때는 자신을 속이지 않는다

그러나 남을 대할 때는 남을 속이려고 한다
이를 좀더 깊이 생각해 보면
그것은 남을 속이는 것이 아니라
결국 자기 자신을 속이는 것이다

에머슨

부모의 유산

자식에게 무엇을 물려줄 것인가
돈을 모아 돈을 물려준들
자손들은 그 돈을 능히 간직하지 못할 것이다

또 좋은 책을 모아 그 책을 준다 해도
자손들은 그 책을 다 읽지 못할 것이다

자식들에게 물려줄 참된 유산은
그 생애를 올바르고 힘차게 살아나갈 수 있는 힘
그것을 은연중에 키워주는 데 있다

이러한 유산은 파멸되지 않고 평생을 통해서
자식의 벗이 될 것이다

사마염 (중국 서진의 무제)

형제에 관하여

형제는 금전보다 귀한 것이다
금전은 자기가 보호하지 않으면 안 되는 것이지만
형제는 자기를 보호해 주는 것이다
금전은 감정이 없는 것이지만
형제 사이는 정으로 맺어져 있는 것이다

소크라데스 (그리스의 철학자)

실패의 교훈

실패는 어떤 의미에서는
성공으로 향하는 큰길인 것이다

어디가 잘못된 것인지를 알게 될 때마다
진실이 무언가를 열심히 추구하게 된다

그리고 새로운 경험을 겪을 때마다
무엇이 잘못인가 알게 되므로
그 다음부터는 실패를 하지 않을 것이다

존 키츠 (영국의 낭만주의 시인)

한길로 쭉

불평을 하려면 한이 없다
세상에는 훼방꾼도 있고 원수도 있지만
어떠한 경우에도
유쾌하고 온화한 기분을 잃지 않고
나아간다면 목적을 달성하게 될 것이다

언제나 당신의 목표에 충실하라
그리고 묵묵히 한길로 꾸준히 나아가라

마터링크

잠언 낭송 시집

오늘은 울지 말아라

엮은 이·우한호
펴낸 이·임종대
펴낸 곳·미래문화사

찍은 날·2002년 3월 20일
펴낸 날·2002년 3월 25일

등록 번호·제3-44호
등록 일자·1976년 10월 19일
주소·서울시 용산구 효창동 5-421
전화·715-4507 / 713-6647
팩시밀리·713-4805
E-mail·miraebooks@com.ne.kr
mirae715@hanmail.net

ⓒ2002, 미래문화사
ISBN 89-7299-226-7

정가·9,000원

음반 기획·제작 (주)신라음반